KB120114

나의 삶
그리고 은혜

나의 삶 그리고 은혜

발행일	2024년 6월 30일
지은이	심홍섭
펴낸 곳	도서출판 밀라드
등록번호	제2018-000031호
주 소	서울시 양천구 지양로 15길24
전 화	02-6093-0999
표지 디자인	김인애
본문 디자인	이명희
ISBN	979-11-971578-9-9
정 가	16,000 원

나의 삶
그리고 은혜

별같이 빛나고 소년처럼 맑은
심홍섭 시인의 등단 **30** 주년 기념 시집

밀라드

시인의 말

사람은 하나님께서 태초에 흙으로
만드셨으니 흙으로 돌아가리라.
흙, 한삽
툭 던지며
하관식 예배는 끝이 났다.
돌아가서 전하리라.
살아서
그분의 증인 되리라.
1994년에 크리스찬문학으로 등단해서 올해로 2024년
30주년. 부끄럽지만 주님의 은혜로 견디어오고 기도의 끈으로
살아왔다. 나는 늘 이 성경구절을 기억하고 암송하며 산다.

 비록 무화과 나무가 무성치 못하며 포도나무에 열매가
없으며 우리에 양이 없으며 외양간에 소가 없을지라도
나는 여호와를 인하여 즐거워하며 나의 구원의 하나님을 인하여
기뻐하리로다 /하박국 3:17-1

주님을 찬양하는 입술을 주시고 언어를 창조할 수 있는
영감을 주신 하나님께 먼저 감사드립니다.
깨어 있는 지도자 안공헌 목사님을 만나 늘 도전을 받으며
믿음생활을 할 수 있는 것도 감사드립니다.
30주년 등단기념 시집이 나오기까지 묵묵히 기도해주시고
물심양면으로 도와주신 목사님, 임수일 집사님, 안은옥 권사님,

주빛교회 성도님들, 사랑하는 가족 은주 재림 소희, 희여재문학 회장이신 리종기목사님, 경신중학교 작문반으로 인도해주신 이호동 집사님과 박소영 집사님, 성광이, 한소울트리오 그리고 출간을 위해 수고해주신 밀라드출판사 대표님과 이명희 사모님께 감사드립니다. 끝으로 이 시집이 빛을 보도록 기도해주신 모든 분들에게 머리 숙여 감사드립니다.
마지막으로 하늘나라에 가신 심영숙 누님의 영전에 이 시집을 바칩니다.

2024년 6월 초여름에 농성골에서
심홍섭

차례

시인의 말 ………… 4
축하의 글 ………… 14

1부 뼈아픈 참회

주님 ……………………………… 26
고백록 ……………………………… 28
나를 위해 ……………………………… 29
부끄러운 시 ……………………………… 30
알곡과 쭉정이 ……………………………… 31
다시 태어날 수 있다면 ……………… 32
만나야 하리 ……………………………… 34
행복한 사람 ……………………………… 36
새벽에 1 ……………………………… 37
새벽에 2 ……………………………… 38
새벽에 3 ……………………………… 39
새벽에 4 ……………………………… 41
새벽에 5 ……………………………… 42
새벽에 6 ……………………………… 43
새벽에 7 ……………………………… 44
새벽에 8 ……………………………… 45
새벽에 9 ……………………………… 46
새벽에 10 ……………………………… 47
새벽에 11 ……………………………… 48
새벽에 12 ……………………………… 49
새벽에 13 ……………………………… 50
사랑의 띠 ……………………………… 51
십자가만 따르겠습니다 ……………… 53

우리는 사랑의 띠 4반 ····················· 55
밤실에서 ······························· 56
교도소 가는 길 ························ 57
화선지에서 ···························· 58
복된 만남을 위해 ····················· 59
서로 사랑하라 ························· 60
복음의 사자 ···························· 61
갈등 ································· 62
부끄러운 일 ···························· 63
망월동에서 ···························· 65
이성기 전도사님께 ····················· 66
전도의 씨앗으로 남아 ·················· 67
버스에서 ······························· 68
진실되지 못할 때 ······················ 69
교만한 자 ····························· 70
자치기 ································· 71
귀여운 예수님 ························· 72
내 딸 소희 ···························· 73
우리집 재림이 ························· 74
늘 하나님이 함께 ····················· 75
아내에게 ······························· 76
스카프 하나 ···························· 77
종아리 때려주세요 ····················· 78
어머니 ································· 79
아버지 ································· 81

제2부 유년의 뜨락

고백 ···································· 84

잉태 ···································· 86

계림동 예수 1 ························ 87

계림동 예수 2 ························ 88

계림동 예수 3 ························ 89

진구를 생각하며 ···················· 90

초록비 ································· 91

사랑새 1 ······························ 92

사랑새 2 ······························ 93

월계동 삭개오 ······················· 94

자랑 ···································· 96

간증 ···································· 97

너희는 나를 누구라 하느냐 ········· 98

말씀 ···································· 100

동해 바닷가 ·························· 101

소록도 ································· 102

하나님 전상서 ······················ 104

예수의 꽃 ···························· 107

연탄재 ································· 108

들꽃처럼 살다가 하늘나라로 간 자매 ····· 110

시인의 아내 ·························· 112

새벽기도 1 ··························· 113

새벽기도 2 ··························· 114

새벽기도 3 ··························· 115

새벽기도 4 ························· 116

신혼여행 ···························· 117

기찻길 ······························· 120

아버지의 등목 ····················· 121

삼각동에서 ························· 122

아버지 1(삶과 죽음) ············· 124

중국 화장실 풍경 ················· 126

어머니 1 ···························· 128

어머니 2 ···························· 129

어머니 3 ···························· 130

어머니 4 ···························· 131

어머니 5 ···························· 132

어머니 6 ···························· 133

어머니 7 ···························· 134

어머니 8 ···························· 135

어머니 9 ···························· 136

어머니 10 ··························· 137

북구청 광장 앞에서 ·············· 138

감꽃 사랑 ························· 140

찰밥 도둑 ························· 141

유년의 뜨락 1(향수) ············· 144

유년의 뜨락 2(육성회비) ········· 146

유년의 뜨락 3(이층집) ··········· 147

유년의 뜨락 4(형님) ············· 148

유년의 뜨락 5(개떡) ····························· 149

유년의 뜨락 6(빵집 아저씨) ················· 150

유년의 뜨락 7(상여) ····························· 151

유년의 뜨락 8(외삼촌) ·························· 152

유년의 뜨락 9(아이스께끼) ·················· 153

유년의 뜨락 10(생명) ··························· 154

밤실 ······································· 155

외갓집 ····································· 156

제3부 해님하고 달님하고

엄마 좋아? 아빠 좋아? ……………… 160
유리창 깬 사람 손들어! ……………… 161
우리 가족 ……………………………… 162
봄 ………………………………………… 163
한지붕 세가족 ………………………… 164
술 끊은 우리 아빠 …………………… 165
어느 노부부의 하루 …………………… 166
느티나무 ………………………………… 168
옹달샘 …………………………………… 169
이 빼기 ………………………………… 170
생쥐 ……………………………………… 171
수박 ……………………………………… 172
씨앗 ……………………………………… 173
소구발 …………………………………… 174
놀이터의 아이들 ……………………… 175
현지는 착해 …………………………… 176
외갓집 …………………………………… 177
감꽃 사랑 ……………………………… 178
우리 엄니 ……………………………… 179
할머니 …………………………………… 180
아빠의 등목 …………………………… 181

제4부 까메 이야기

까메 이야기 …………………………… 186
영시
To a friend looking for love ………… 186
사랑을 찾는 친구에게 ………………… 187
그대 꽃잎 딛고 오는가 ……………… 188
아름다운 멍에 ………………………… 190
아흔둘 우리 엄니 …………………… 191
우리 엄니 ……………………………… 191
억새풀 ………………………………… 193
엄마는 괜찮다 ………………………… 194
추석 …………………………………… 195
아내의 맨발 …………………………… 196

부록

광남일보 인터뷰 기사 ……………… 202
광주드림 기사 ………………………… 210
심홍섭 작품활동 ……………………… 213
작시 사랑을 찾는 친구에게 ………… 217
작시 내 짝꿍 ………………………… 218
작시 생쥐 ……………………………… 219

축하의 글

목헌 심홍섭 시인의
문단 등단 30주년을
희여재 회원들의 마음을 모아 충심으로 축하드립니다.
더 감사하고
더 갑절로 기쁨이요
자랑인 것은 지금처럼
힘든 시기에 『나의 삶 그리고 은혜』
옥동자를 출판하고
하나님께 감사 하는 것입니다.
목헌 심홍섭 시인은 한국이
낳은 대단한 분입니다.
영국에서도 큰상과 부상을 받고 영국에 초청을 받아 수상을
위해 다녀온
자랑스러운 한국이 낳은
시인이요 동시인입니다.

지금도 광산구 삼도동
희여재 정상에는 희여재
회원들의 돌로 새겨진
시비가 있는데,

그중
목헌 심홍섭 님의 시가
특히 빛을 내고 있습니다.

이 시를 읽는 분들에게 바라기는,
『나의 삶 그리고 은혜』를
읽을 때마다 따스한 사랑의
숨결을 느껴 보시기 바랍니다.
다시 한 번 심 시인님의 등단 30주년과
출판을 축하합니다.

리종기/희여재 대표 회장(시인. 문학평론가)

등단 30주년 출판기념 축하의 글

사랑하는 심홍섭 시인님,

문학 등단 30주년 출판을 진심으로 축하합니다.

30년 동안 끊임없이 펜을 움직이며 시를 써 내려오신 노고와 헌신에 머리 숙여 감사와 축하 인사를 전합니다.

감성과 사랑이 풍성한 시들은 항상 우리에게 위로와 감동을 주었으며, 세상을 바라보는 새로운 시각을 제시해 주었습니 다.

시인 님의 시를 처음 읽었던 순간을 아직도 생생하게 기억합니다.

그때 저는 시가 이렇게 아름답고 마음을 움직이는 큰 힘이 있다는 사실에 감동을 받았습니다.

시가 단순히 말을 늘어놓는 것이 아니라, 우리의 마음속 깊은 곳에 닿아 감동을 불러일으키는 힘을 가지고 있다는 것을 깨달았습니다.

30년 동안 시인님은 다양한 주제를 다루며 끊임없이 새로운 시도를 하셨습니다.

사랑과 이별, 삶과 죽음, 그리고 세상에 대한 깊은 통찰력을 담은 시인님의 작품들은 많은 사람들에게 위로와 영감을 주고 있습니다.

시인님의 시는 우리에게 삶의 의미를 되돌아보게 하고, 더 나은 세상을 꿈꾸며 바라보도록 격려합니다.

끊임없는 노력 덕분에 우리는 더욱 풍요로운 문학 세계를 누릴 수 있게 되었으며, 때로는 눈물과 기쁨을, 때로는 삶을 되돌아보며 깊이 있는 사색을 하는 데 큰 도움이 되기도 했었습니다.

앞으로도 건강하시고, 더욱 아름다운 시, 마음에 울림과 감동을 선사하며, 삭막한 세상을 아름답게 할 시를 창작하시어 소망과 희망을 갖게 하는 왕성한 활동을 기원합니다.

삶 속에 진솔한 표현이 담길 글을 통해 앞으로도 더 많은 이에게 위로와 감동을 줄 것이라고 믿습니다.

다시 한 번 30주년 출판을 진심으로 축하합니다.

안공헌/주빛교회 목사

널리 퍼져가는 울림

마음 심심 심 시인님
전남도립대학교에서 만난 인연
광산구 일곡도서관
담양군 대치지역 아동센터
강사료만 받으면 만나는 팥죽 집
종종 올랐던 병풍산
이제
등단 30주년 축시로 이어집니다.

영국아동 비평가 협회 서정시 최고의 상 수상자
재치있는 언변과 명사회자
YWCA와 여러 학교 글쓰기 선생님
그리고 광주시민방송에서
시와 낭만이 있는 음악 DJ 등
심 시인의 활동은 널리
넓게 퍼져갑니다.

광주 광산구 삼도동
태조 왕건과 나주 오씨 장화황후의
애틋한 사연 서린 희여재
그곳에는 심 시인의
'사랑을 찾는 친구에게'란
멋진 시비가 있지요.

은근슬쩍 자랑하며
함께 올랐던 희여재
봄 여름 가을 겨울
사시사철 흔들림 없이
세월 지킨 바위처럼
든든하게
우리 곁을 지켜주시기를 바랍니다.
한 물결이 되어 사랑을
퍼져가게 합시다.

손순용/대치지역아동센터 대표

목헌 심흥섭 작가님 등단 30주년 축하 메시지

　살아가면서 누군가를 만남으로써 행복해질 수도 있고 불행해질 수도 있습니다..
저는 심흥섭 작가님을 만난 뒤로 많은 행복감을 느끼며 삽니다.
작가님의 주위 분들 또한 좋은 분들이 참 많더군요. 모두 마음이 아름다운 분들이셨습니다. 이는 그분의 평소의 삶이 어땠는지를 보여주는 부분입니다. 아마도 주위 분들 또한 저처럼 심흥섭 작가님으로 인해 삶의 소소한 행복들을 느끼시리라 저는 생각합니다. 또한, 제가 심작가님에 비해 한참 나이가 적지만 여전히 동심의 마음을 지니셨기에 나이 차이나 세대 차이를 크게 느끼지 못합니다. 이러한 부분 때문에 제가 어려움 대신 즐거운 마음으로 심흥섭 작가님과 함께 활동을 할 수 있는 것 같습니다.

　시인이기 전에 사람으로서 존경받아 마땅한 분.
30년 전이나 지금이나 변함없이 섬김의 삶을 실천하시는 분.
가난한 시인이라며 자신을 낮추지만 남을 섬기는 데는 아끼지 않으시는 분.
어린아이나 나이 드신 어르신에게나 한결같이 해맑은 미소를 보내려고 애쓰시는 분
그리고 하나님께 받은 사랑을 많은 이들에게 나누어 주려고 노력하시는 분.

그의 시가 아름다운 이유는 목헌이라는 그의 호처럼 헌신과 기도의 삶이 아름답기 때문입니다. 후배 시인들에게 삶으로 큰 가르침을 주셔서 감사합니다. 시인 심홍섭님의 등단 30주년을 진심으로 축하합니다.

감천 이호동 /시인(전국 학교폭력 근절 운동가. 광주 경신중 교사)

축하의 글

심홍섭 시인이 『나의 삶 그리고 은혜』라는 이름의 시집을 출간한다. 그러고 보니 올해가 심 시인이 등단한 지 30년이 되는 해이기도 하다. 시집의 제목이 알려주듯이, 심 시인의 시 세계는 팍팍한 현실에도 불구하고 이를 이겨내며 마음의 고향을 찾아가는 길을 그리고 있다. 그래서일까? 그는 시에서 구원의 길을 찾는다. "시는 영감의 소리이자 체험이며, 인간의 영혼이고 생명이기에 경건하며 진실하다."라는 고백이 이를 잘 보여준다. 신이 인간을 구원한다면, 시인은 시와 시어를 통해서 인간에게 팍팍하고 고단한 현실을 넘어설 길을 보여준다. 그의 시들에서 불완전한 현실을 넘어설 길을 찾게 되는 이유가 바로 여기에 있다.

내가 심 시인을 알게 된 것은 초등학교 시절이고, 그 이후 별다른 교류가 많지는 않았지만, 문득문득 드러나는 그의 품성이 지극히 순수하고 정직하다는 느낌을 받는다. 이런 품성은 그가 늘 진실을 말하는 시인이기 때문에 가능할 것이다. 인생의 중후반부를 지나가는 길목에서, 그리고 고단하고 팍팍한 삶을 살아가는 현실에서, 이렇게 고운 품성을 지닌 시인과 그의 시를 읽는다는 것은 행운이다. 독자 여러분의 일독을 권한다.

김길웅/성심여대 독어독문학과 교수

1부 뼈아픈 참회

주님

불혹이 다 되도록
제 얼굴도 기억하지 못합니다
제가 보아 온 것은 늘 흙탕물이었고
흙탕물에 비친 제 모습은 짐승의 모습이었습니다
또한 제 이름이 누구인지도 모릅니다
의성이, 정태, 용수, 화라, 은미, 애리…
어느 것도 제 이름이 아니듯
어디에도 제 부끄러운 이름을
써넣을 수가 없습니다.

주님
제가 그동안 거친 바다에서 그물을 던져왔지만
제가 낚는 것은 물고기가 아니라
헛된 망상과 욕망이었음을 고백합니다
상처진 곳을 씻어주는 소금물의 은혜도 모르고
그 바다에 그물을 던지는
가짜 어부였습니다.

주님
이제 쓰라린 눈물로 기도합니다

제 이름을 지어주세요
제 얼굴을 볼 수 있는 맑은 눈을 주세요
부디 주님을 위해 쓸
튼튼한 그물을 짜 주세요.

고백록

병실에 누운 지 3년 6개월
믿음의 확신이 안갯속에 가물거리니
구원의 열매는 맺지 못할 수밖에
깊은 곳에
진정으로 주님을 받아들이지 못하니
늘 체한 사람 마냥
숨 막히고 평안이 없었네
구약 신약 말씀을 씹고 먹고
주님의 그 예리한 칼로 수술하니
지난 서른네 살의 쓸데없는 나이테를
싹둑 잘라버릴 수 있었네
주님, 당신을 증거하리
선혈 낭자한 주님의 모습 모습 기억하며
날마다 나를 죽이며 당신을 증거하리.

나를 위해

주님
당신을 사랑한다는 말은 흔한 말이지만 그냥 내뱉는 공치사가
될 수 없습니다.
당신이 나의 생명이란 말
당신이 나의 기쁨이란 말 당신이 나의 전부라는 말
당신을 증거하기 위한 나의 삶을
성냥개비처럼 허비할 수 있다는 말
당신을 자랑하는
나의 모든 것은
그냥 공치사가 될 수는 없습니다.

부끄러운 시

인생은 구비구비 새옹지마
흰머리처럼 올올이 복잡하고 쉽게 풀어지
않는데
이렇게 쉽게
시를 쓴다는 것은
부끄러운 일이다
석양 무렵
골고다 언덕의 십자가처럼
뼈를 깎는 아픔의 희생이
노을이 질 때마다
가슴에 칼을 저미게 하는데
십자가 아래서
거짓과 부정과 불륜을 일삼는
우리의 일상은
쉽게 씌어진 시보다
천만 배 부끄러운 일.

알곡과 쭉정이

지금 주님 앞에
무릎을 꿇고 머리를 조아리고
회개하며 고백해도
그대 진정
주님의 심판 앞에
떳떳할 수 있나요
눈물을 흘리고
대성통곡으로 뉘우치지만
교회문을 나서고
세상에 돌아오면
그대 진정
주님의 목소리를
잊지 않고 사시나요
주님은 어려울 때만
생각나는 분이 아니지요
배부르고
행복에 겨워도
모두가 그분의 뜻
그대 진정
주님의 심판 앞에서
알곡인가요
쭉정인가요.

다시 태어날 수 있다면

어차피 주님께서 허락하신
인생의 삼중고, 생로병사의 이치를 깨달으며
말없이
살아가는
많은 사람들의 무리 속에
은연중 나도 모르게
깊은 한숨과 회한을 등에 지고
잠시 휴식하며 서 있다.

사는 것은
언제나 어렵다는 난제와 더불어
의미와 가치를 부여할 때가
한두 번이 아닌가

삶의 영광도
젊음의 쓰임이 달렸거니라고
나의 영혼에 되새김하라는
어느 시인의 시 구절이
가슴을 여미는 가을 뙤약볕 오후

말없는 경륜 신의 큰 언약
그것을 깨달을 일이지
나뭇잎이 옷을 훌훌 벗어버리고
비전을 기약하는 자연의 순리처럼 우리도
모두 벗어버릴 수는 없는 것일까
세속의 찌든 때는
가을 나뭇잎처럼 훌훌 털어버리고
컴컴한 시련을 이겨내고
소천하는 그날까지

말없는 바람 앞에서
굳세고 절개 있게
말없이 튼튼한 바위 앞에서
다시 태어날 수 있다면
주님,
당신 앞에 무엇을 준비해야 하나요.

만나야 하리

자갈밭에 떨어진 씨앗이면
기름진 밭에 떨어진 씨앗이면
누가 그 씨앗을 틔울 것인가
누가 그 싹을 키울 것인가

바람이 불고 눈보라 몰아치면
벌레 먹고 병에 들면
누가 옷을 벗어 입혀줄 것인가
누가 약을 지어 먹여줄 것인가

천국과 지옥은 가까운 곳에
천국과 지옥은 그대의 발길이 가는 곳에
천국과 지옥은 내 마음 속에서부터
천국과 지옥은 영원과 종말 사이에

그대여
다정하고 인자하고
구레나룻 곱게 기르고
인상좋은 아저씨 같은
그러나 엄정한 그분을 만나야 하리

광야에 떨어진 씨앗을 틔우게 하고
병들고 지친 싹에 보약을 달여주는
추운 날 당신의 옷을 벗어 입혀주는
죽어도 죽지 않는 영원으로 초대하는
바로 그분을 만나야 하리.

행복한 사람

배부르고
남부럽지 않을 때
이 세상에서
제일 행복한 사람인 줄 알았지요
믿음이 생긴 후 뒤돌아보니
내 안에 예수님이 안 계시던 그때가
이 세상에서 제일 불행한 때였지요
구원이 없고 소망이 없고
배고픔이 없던 어두운 날을 생각하면
지금 나는 세상에서
제일 행복한 사람.

새벽에 1

마음의 그릇을 비우고
은혜에 굶주린 영혼을
생수처럼 마시려고
아직 어두운 새벽 발길을 재촉한다

죽지 않는 생명으로
영원으로 가는 길을 찾아 헤매는
새벽녘
죽어도 죽지않는
깊고 깊은 곳을 찾아
주님이 박아놓은
이정표를 따라 길을 찾는다.

새벽에 2

아랫등에 사는 할머니 권사님
윗마을에 사는 집사님은
어깨를 들먹이며
뭘 그리 열심히 고백하는 걸까
주님께 다 아뢰는 것일까

설사 죄가 깊다 해도
옷고름 헤치고 가슴으로 기도하는 모습은
차라리 은혜스럽다

내가 여호와께 아뢰되
주는 나의 주인이시니
주 밖에는 나의 복이
없다는 말씀 떠오르네.

새벽에 3

정갈한 마음으로
곱게 단장하고
잠시 세상 짐도 내려놓고
신랑 되신 우리 예수님 뵈러
설레는 마음으로
발길을 재촉한다

이 새벽
빛나는 태양이 눈부신
아침을 앞장 세우고
내 곁으로 오시는
주님을 뵈오면
살짝 웃어버릴까
펑펑 울어버릴까
우리 주님
탕약 같은
신약 구약 말씀
꾸러미 들고
휘적휘적 어둠을 걸으며

내게로 오시는데
우리 주님을 뵈오면
살짝 웃어버릴까
펑펑 울어버릴까.

새벽에 4

하루 중
새벽에 선명히 떠오르는 것은
죄라지요

육신의 죄

물욕의 죄

성령 훼방의 죄

이른 새벽
남보다 먼저 깨어나
미명의 안개 걷어버리고
새벽이슬로
육신과 영혼의 찌꺼기
씻어버리고

뜨겁게 달구어진
육신의 정욕을
인두로 불 지짐 한다
스스로 뼈를 태운다.

새벽에 5

제일 먼저 일어나
회개하라

우리가 의지할 곳은
오직 한 군데
우리 깊고 어두운 곳의 마귀를 내쫓는다
시간은
첫닭 우는
신새벽.

누구든
고백하면
자백하면
주님 앞에 무조건 백기를 들면
아, 그것이 승리하는 길이 아닌가.

새벽에 6

그대에 대한 사랑
아무도 모르게
은밀하게 솟아 나오네요

가슴 밑바닥
뜨거운 곳에서부터
무언가 소용돌이 치면

은혜의 폭포수
사랑의 소나기
아, 그대를 향한
나의 향일성 사랑

새벽에 7

목이 탄다
갈증이 난다

내가 살아온 사막에는
오아시스가 없었다.

주여, 이 새벽
강이 흐르는 곳까지 우리를
왜 인도하셨나이까
목이 타는 허기는
또 어떻게 아셨나이까.

새벽에 8

기도할 땐
바다가 된다

기도할 땐
하늘 된다
기도할 땐
땅이 된다

기도는 빛이 되고
기도는 꽃이 되고
기도는 노래가 되고
마침내 기도는
아침이 된다.

새벽에 9

종은
새벽에
온몸으로 운다

만볼트 전류로
바르르 신경을 곤두세워
잠든 영혼을 깨우고

상처진 곳에
은혜의 담금질을 하면
시골 교회 모퉁에서
예수님이
빙그레 미소 짓는다.

새벽에 10

고백은
스스로를
낮추게 한다

고백은
스스로를
죄인이게 한다

고백은
스스로를
구원하게 한다.

새벽에 11

복권이나
증권에는 투자하고 맡기면서
그분께
맡기지 못하고
늘 떠도는 자여
어차피 인생이 복권이나 증권 같은 것이라면
밑져야 본전인
그분께
몽땅 맡기라니까.

새벽에 12

아무 말 없이
그저 말 없이
그냥
고개
숙이고
아버지!
한 번만 불러봐.

새벽에 13

통회하고
회개하면
감사가 터지고
은혜의 옷을 입고
찬양하면
아무도
알아주지 않아도
왕왕
나는 왕이다.

사랑의 띠

그리스도 밖에서의 방황이나
그리스도 안에서의 도피는
죄인 중에서도
큰 죄인임을 아는가

육신의 종점에서
방황의 종점에서
마지막 그분이 주신 말씀은
세상 것들
그 무엇에도
그 구멍난 영혼에게 위로를
줄 수 없다는 것.

탕자처럼 방황할 때도
오늘이 가고 내일이 가고 한없이 세월이 흘러가도
사랑의 띠는 더욱
듣기만 해도 가슴 설레고
얼굴만 보아도 늘 천진스런

형제자매의 웃음으로
서로를 용서하는 사랑의 띠로 녹아져
스스로 천사가 되는 그런 것.

예전의 내 모습이 아니야
새로 태어난 나
감사할 일이지
이제는 자갈밭이 되지 않으리라
주여, 예전의 나는 이미 죽었습니다.

십자가만 따르겠습니다

언어와 풍습은 다르지만
눈물의 기도는 하나였습니다
그들의 선량한 눈빛 속에
선교의 비전은 그늘 속에 파묻혀 있었지만

모든 사람들에게 양보하고
아무것도 가진 것 없는
가진 자들의 횡포 속에 꺼져가는
작은 등불이었습니다.

할렐루야
아멘으로 화답하고
전도하고 선교하는
주빛교회 형제자매들의 눈물겨운 모습 속에
야자수는 자기 모습대로
내어 던져버리라
야자수를 먹고 또 먹어도
갈증의 재만 남기고
곤고히 피곤한 영혼 주님께 의탁하고

기도와 말씀 속에 영적 갈증을
달래겠습니다.

필리핀 오디 목사의 방문은
커다란 충격이었고
우리의 사치스런 신앙과
게으른 복음전파의 모습들이
초라해 보이기까지 하였습니다.

이제 형제자매들이여
무엇이 주님께 합당한 삶인지
스스로 구할 일이다.
주님의 날개 아래서
교만하고 간악하고 병든 마음
저 시퍼런 태평양에 던져 버리고
조용히 십자가만 따르겠습니다.

우리는 사랑의 띠 4반

주님,
지난주에는 성덕, 요한, 지섭, 주희, 주은,
주향이 기도를
들어보았습니다.

남들이 보면 해바라기 허리처럼
약해 보이지만
주님께서 함께 하신 기도는
가을 찬바람 속의 들국화처럼 강인해 보였어요.

어려운 환경 속에서
굴하지 않고 열심히 사는
요한이, 성덕이의 뒷모습을 보면
안쓰럽기도 하지만 덩실덩실 힘이 나요
새로 등반한 지 얼마 안 되는 지섭이의
깊어지는 신심을 기억하지요

주님! 당신의 소중한 새끼들이 되도록
겸허한 마음으로 늘 깨닫고 공부하고

용기있는 사람이 되게 해주세요.
모두가 당신 안에서 기도하고 이루어질 수 있기를
주님 늘 감사합니다.

밤실에서

주일학교 소풍 날
숲 속에 찬양이 넘치면
이곳이 천국이어라
찬양 소리에 즐거우면
은혜 넘치는 일
오늘도 밤실에서
다람쥐들까지 부흥집회 열리네.

교도소 가는 길

육신이 연약하여
늘 넘어지기 쉬운 우리
듀나미스 찬양단 베드로 청년들이
새벽안개 헤치고 달려간
교도소 문 굳게 닫혀있네
그러나 두려워 말라
내가 너와 함께 하리니
은혜로 찬양하고
진심으로 기도하니
깨어지는 역사 아프고
고통받는 저들에게
진리가 너희를 자유케 하리라
천사들의 율동과 찬양과
담장 안에 아름답게 울려 퍼져서
하늘나라에 상달되는
정말
기분 좋은 날
장흥교도소 가는 날.

화선지에서

붓을 세워 찍는다
한일
길영
집우
집주
때로 학같이
큰 산같이
동서
남북
계곡으로
산등성이로
우주로
바다로
하나님 나라로.

복된 만남을 위해

다시는 죄를 저지르지 않겠다고
예수님 앞에서
울면서 말한
사마리아 여인

그렇게 만난
예수님과 사마리 여인 사이의
회개의 언어

인생을 성공한 사람과
실패한 사람의 차이는 복된 일 복된 말을
얼마나 했는가 하는 것

바람같은 말이 아니라
꽃이 되고
노래가 되고
향기가 되는
복 받을 언어의 연습
또 그렇게 만날
만남의 연습을 위해.

서로 사랑하라

어느 목회자
첫 설교 말씀은
서로 사랑하라였네
수많은 설교 말씀도
생각해 보면
서로 사랑하라였지요

그분
어쩌다 쫓겨가는 분
마지막 설교 말씀도
서로 사랑하라였느니
그때서야
눈물바다
깨달음의 눈물바다 주님께서 함께하신 마지막 설교 말씀은
행함의 믿음으로
주께서
우리에게 주신 첫 계명은
서로 사랑하라였네.

복음의 사자

기도를 열심히 하는 모습
참으로 아름답지요
찬송을 열심히 하는 모습
참으로 아름답지요

그러나 또 아름다운 일은
예수님의 사랑을 예수님의 은혜를
예수님의 구원을 예수님의 희생을 예수님의 말씀을
어둠 속에서 방황하는
술 취해 길거리를 헤매는
가엾고 어리석은 형제들에게
전해주어야 합니다

깨우쳐주어야 합니다
기쁨의 복음을
생명의 말씀을

교회 문을 들어오는 자
교회 문을 나가는 자
너와 나
우리들이.

갈등

내가
내가
아니고

내가
내가
나를
간섭할 때

내가
내가
나를
구속할 때

내가
내가
내가 아니고

내가
아닌데.

부끄러운 일

누구의 생명이든
천하보다 소중하다
목숨을 걸고
세상을 살면서
목숨을 걸고
구원의 기쁨을
전하지 못하는 것은
부끄러운 일
영혼의
소중함은 보석보다
귀한데
목숨을 걸고
어린 양들에게
말씀을 바르게
가르치지 못하는 건
정말 부끄러운 일이다.

자신을 아무렇게 팽개치고
길 없는 길을 가는
그래서 위태위태 폭풍의 바다를 항해하는
어둠 속에서 울부짖으며
구원의 말씀

생명의 밧줄을 잡지 못하는
가엾은 영혼들에게
말씀을 바르게
가르치지 못하는 건
제 임무를 저버리는 일이다.

망월동에서

눈물이 채 마르기 전에
묘지에 겨울바람이 불어오고
흙으로 돌아간다

며칠 후
며칠 후
요단강 건너
다 묻어버리고
날 오라 부르시네
평안히 쉬리라

무덤은 끝이 아니다
시작이다
부활이다.

이성기 전도사님께

전도사님
그날 앰브란스 소리에 얼마나 놀랬는지 아세요
지금은 하늘나라에서
중·고등부 모아 놓고 주님의 사역 하시나요
그 무거운 입
속 깊은 사랑
만 가지 은혜
깊이 깨달았으니
하나님 곁에서 만나
우리가 '전도사님!'하고 부르는 날을 기다리며
전도사님! 사랑해요
사랑해요 전도사님.

전도의 씨앗으로 남아

불신가족을
모두
예수님 앞으로 내보내 놓고
21살 꽃다운 나이에
그녀는 하나님 곁으로 갔다

이제
택한 족속만큼
상급이 크겠지만
왕 같은 제사장
그 제사장은
죽었다

그러나
전도의 씨앗은
믿음의 알갱이는 남아
수십 배로 싹트고 있다.

버스에서

하루 일과가 끝나고
피곤한 몸으로 버스에 오르면
몸살 때문일까
안내양의 불친절이 짜증스럽다

무표정한 승객들
얼굴에 안식이 없다
화물처럼 내팽개쳐진 승객들이
서로 몸 부딪히며
지옥으로 가는가

예수 천당!
성경을 들고 올라오는
전도자의 목소리
모두 외면하고
딴전을 피우지만
무관심 속에 귀는 열리고
이윽고 아멘-
박수 소리로
이 차는 천국행 버스입니다.

진실되지 못할 때

시인이
진실하지 못할 때
사해 바다다

크리스찬이
무릎으로
살지 못할 때
사해 바다다

우리가
믿음을 붙들지 못하고
방황할 때
세상은 쓰라린 깨진 유리 밭이다.

교만한 자

항상
나요!
나요!

항상
내가
최고

항상
내가
먼저

베풀 줄 모르고
받기만 하는

남의 허물은
보여도
내 허물은
보이지 않는.

자치기

큰 막대기로
작은 막대기를 때려
멀리 날려 보낸 만큼
내 땅을 가져보지만
놀이가 끝나면
내겐 한 뼘의 땅도 없다

신은 온 땅을
정복하고 다스리라고 했지만
등기소에는
나의 토지대장이 없다
그러나 모두가 내 땅이다
주님의 말씀 증거를 위해
복음의 영토를 위해
자치기할 때면

귀여운 예수님

소희의 눈동자
아침이슬 같아요
소희의 얼굴
가을 해바라기 같아요
아직 철은 안 들었지만
잘 닦여진 거울처럼
반짝이는 미소
귀여운 아기 예수님 같아요.

내 딸 소희

내 딸 소희가
우리 곁에 온 날은
가뭄 끝에 생명의 비가 내리는
사월 초

그 기쁨이 큰 것만큼
기쁨을 위한 진통으로
엄마 아빠는
참 많이도 아팠지

목사님이 지어준 이름처럼
바랄 <소>, 기쁠 <희>,
우리에게 늘 기쁨을 주는
소중한 사람

소희야
아빠는 심홍섭
엄마는 장은주
오빠는 심재림

그리고 너의 이름은
심소희
참 이쁘지.

우리집 재림이

예수님 눈을 닮은
우리 집 큰 놈 재림이

재림이가 태어나던 날
예수님 마음처럼 하얀
눈이 내리고
나는 눈 내리는 날 강아지처럼
기뻐서 뛰어다녔다

이제는
책가방 메고
제 애비처럼 깡충깡충
학교 다니는 재림이

지그시 눈을 감고
두 손 모아
기도도 잘하는
우리 집 큰 놈
재림이

주님 우리 재림이
부끄러움 없는
아들 되게 하소서.

늘 하나님이 함께

사글세방에
그 흔한 흑백텔레비전도 없을 때
아내는 연속극 보러 다녔다
백일 지난 아들의 포대기에
볼펜만 한 지네가 기어 다니고
구멍 뚫린 천정에선
빗방울이 떨어졌다
어둡고 눅눅한 사글 셋방에
비록 가진 것은 없었지만 우리의 아랫목처럼 따뜻한
그분의 훈훈한 숨소리가
우리의 잠자리를 편하게 해주었다
이만 오천 원짜리 사글 셋방에서처럼
그분은 늘 함께하신다.

아내에게

바닷가 모래알처럼
헤아릴 수 없는 삶의 여정 속에서
참으로 애쓴
고생의 파편들
믿음으로 검소하게
발버둥쳐 온 이력을
주님은 알고 계시는 것

나와 가족들 위해 젊음을 소진해버린
그대의 잠든 안쓰러운 모습을 보며
나 그대와 가족을 위해
열심히 땀을 흘리리

죄스러운 마음
보자기로 덮을 수는 없지만
가석방하는 마음으로
우리 날마다 새롭게 시작합시다

서로 부족한 것 채워주고

남은 세월 사랑으로 사랑을 쌓아
높은 탑이 되도록
그대여
내 할 일 그것뿐이오.

스카프 하나

아직 가난한 사랑이야
어쩔 것인가
충장로 길거리
리어카 행상의 좌판에서
사랑을 구할 수밖에
아내에게
해줄 선물은
내게 가진 돈 전부
삼천 원
그대여, 미안타
내가 줄 수 있는 것은
삼천 원짜리 스카프 하나와
우주보다 더 넓은 마음 하나뿐이니.

종아리 때려주세요

주여
기도하지 않았답니다
말씀도 듣지 못했다고 합니다
바쁘다고 전도도 못했다고 합니다
이보다 더 급한 일이 많은가 싶습니다
그러나 주여
우리 재림이 그만 놀게 하시고
그만 떠들게 하시고
종아리에 멍이 들도록
때려주세요.

어머니

작고
초라한 모습
초췌한
뒷모습
위대한
힘은
어디에서
나오는 것일까
빨래할 때
당찬
손목의 힘으로
자식에
대한
사랑의
매도
이제는
때릴 수 없지만
아직도 음지에서
무언의
기도
남으신
것일까 처음
총동원

주일에
어머니
모셨을
때
나는 기쁨의
눈물을
어머니는
구원의
눈물을
아직도
자식에
대한
사랑
미련이 남아
삶의
그 어디에선가
서성이시는
어머니
이제는
구원열차
막차 타시고
환희의 기쁨
누리며 가시리.

아버지

투병 중에
고통보다
죽음의 그림자가
더욱
아버지를
외롭게
했을까
아버지는
늘
막둥아!
막둥아!
부르시곤 했다
마지막
숨을
거두실 때
막둥아!
부른 대신
주여!
주여!
두 번 부르고 기쁨의 눈물로
대신했다.

제2부 유년의 뜨락

고백

범죄 속에서도
주님 손에 있었습니다.

주님은 저의 죄를
열거하지 않으셨습니다.

주님은 저를
포기하지 않으셨습니다.

저의 메마른 가슴에
단비를 주셨습니다.

사람들은
나의 상처를 찢었으나
주님은 상처를 기워 주셨습니다.

주님은
저 하나 때문에 아들을 포기하고
저를 선택해 주셨습니다.

주님
염치없지만
온전하심으로 주님께
고백할 말 한가지
있습니다.

마지막 할 말
주님 사랑합니다.
주님 사랑합니다.

잉태

아름다운 생명을 위해
삶을 절제합니다.

듣지 못할 것은 듣지 않습니다.
보지 못할 것은 보지 않습니다.
가장 귀한 것으로 영양을 공급합니다.
십 개월 동안 기다립니다.
주님이 우리를 인내로
기다리듯 말입니다.

계림동 예수 1

내 직분도
감당 못하고
세상 것
쫓아다니고
있을 때
그 분은
계림동 귀퉁이
거기서
슬피
울고
계셨다.

계림동 예수 2

승환이
손 잡고
고사리 손에
연봇돈 들고
주일 날
힘차게
걸어갈 때
넓은 신작로에서
그 분은
웃고
계셨다.

계림동 예수 3

숨차게
올라가신다.
너가
어디 있느냐
물으신다

주여!
제가
여기
계림동 오거리에
있나이다.

친구를 생각하며

왜 죽어!
다 죽어도 너만은 그래도 믿었는데
보고 싶은 상규야!
야간학교 다닐 때
너하고는 좋은 라이벌이었지.
구두닦이 신문 배달
고생 고생 법대에
들어가더니
웬 깡소주에
못 먹고 굶주린 나날들
젊은 놈이
간경화가 웬 말이냐
생전에 너를 만나
귀하고 귀한 예수님의
사랑을 전하지
못한 것
평생의 한이로다.

이제는 다시는 볼 수 없지만
꿈속에 너를 만나 별을 노래하고
예수님 얘기하자,
상규야.
(故 최상규 친구에게 바칩니다.)

초록비

오늘은 비가 내린다.
사랑새가
살고 있는 마을에
비가 내린다.

오늘은 비가 내린다.
사랑새가
살고 있는 마을에
초록비 귀한
단비가
내린다.

사랑새 1

사랑새 본 적 있냐!
사랑새 본 적 없다.
사랑새 본 적 있냐!
사랑새 본 적 있다.

어디서!
거기서.
거기 어디!
말 할 수 없어.
왜!
내가 짝사랑하는
그 분만 아시니까!

사랑새 2

사랑의 띠 안에서
사랑새 보았다.

가난한 목사님의
성도들을 위한
헌신적인 눈물에서
사랑새 보았다.

사랑새 보기 위해선 맑은 영혼 등본 2통
꼭 필요해.
알았지.

월계동 삭개오

무엇이 그리
바쁜지
키가 작은
장 집사는
주일 아침부터
이리 뛰고 저리 뛰고
야단법석입니다
한 손으로
주일학교 애들한테
전화하고
한 손으론 바쁘게
화장하고
손이 열 개라도
모자랍니다

그러나
부족하지만
연약한
몸매로
주님의

귀한 양 떼들을 위해
수고하시는
키 작은 월계동 삭개오
장 집사

참
아름답습니다
참새처럼
재잘거리는
어린양들을 위해
해바라기 꽃처럼
고운 마음으로
기도하는
월계동
삭개오
장집사

자랑

예수 자랑
내 자랑

예수 생명
내 생명

구원 자랑
내 자랑

자랑
자랑
내 자랑

예수 기쁨
내 기쁨
내 자랑

간증

뭉클하고
가슴으로
올라오는
뿌듯한
은혜

떨리는 가슴으로
떨리는 손으로
붙잡는 삶의 언어

형체도 없고
교만도 없고
소박한
빈 마음으로
나 자신을 부인하고
그 분의
소유임을
고백하며 증거하는
삶의 징소리.

너희는 나를 누구라 하느냐

주일 아침에 아내를 발로 차고
성경책을 세탁기에 넣고
돌리며 교회에 가지 말라고
핍박했습니다.

점심때에는
이 세상에
한 분이신 그 분을 부인하고
"나 혼자
잘 먹고 잘 살 수 있다"고
큰소리 땅땅 쳤습니다.

저녁때에는
교회 빠알간 십자가를 보고
갑자기 온몸이 두려워 떨며 무릎 꿇고 신실한 마음으로
회개했습니다.

너는 왜! 나를
핍박하느냐 하시는

음성이 들려왔습니다. 또한 너는 나를 누구라
하느냐! 하는 소리에
나도 모르게 눈물을 흘리면서
주는 그리스도시요
살아계신 하나님의
아들입니다
하고 신앙고백을
했습니다.

말씀

우리가 피곤할 때
침상 되어주고

우리가 어두울 때 등불 되어주고
우리가 주릴 때에 만나 되어주고
우리가 두려울 때 무기 되어주고
우리가 일할 때에 연장 되어주고
우리가 찬미할 때 악기 되어주고
우리가 무지할 때 스승 되어주고
우리가 실족할 때 반석 되어 줍니다

동해 바닷가

푸른 제복
푸른 바다
울진하고
동해 바닷가에서웃
여자 없이
남자하고
동고동락하며
2년 하고도
12개월을
꼭 채우고 살았다.
핑크빛
사랑 꼬오옥
접어 두고
하나뿐인 그 분을 의지한 채
기도의 배를 타고
말씀의 노를 저으며
말없이 살았다.

소록도

슬픈
사연의 섬

모가지 길어
슬픈
사슴 모양의 섬

녹동에서
배를 타고
육신의 건강
감사하지
못하고
살아온 것
회개하며
회개하며
철선을 타고
섬으로
섬으로
아름다운 공원에는
문둥병 시인

한하운의 비석이
보리피리를 불며
슬픈 표정으로
거기
누워 있었다.

하나님 전상서

내 이웃도 내 형제도
사랑하지 못하면서
보이지 않는
주님을
사랑한다고
늘 거짓 고백한 것
지금 이 시간
회개하오니 용서해 주셔요
무엇이 그리 급한지
빨간 신호등이
파란 신호등으로
떨어지자마자
달리는 자동차 운전수처럼
지금까지
앞만 보고
살아온 세월 참다운 사랑 신실한 사랑
외면하고 말씀을

증거하지 못한 것 솔직히 고백합니다.
이기적인 사랑은
잠깐이지만 귀한

사랑은 모든 것 감싸주고
바라고 믿고 참아내며
영원토록 변함없다는
그 말씀
간직하겠습니다.
새겨듣겠습니다.
낮의 해처럼
밤의 달처럼
귀한 찬양의
가사처럼
살려고 하지만
늘 부끄럽습니다.
할미꽃이
구석진
산골짝에

알아주진 않지만
은은하게
변함없이
교만하지 않고

늘
안보이는 곳에서
자리매김하는 것처럼
할미꽃 되겠습니다.
들국화 되겠습니다.
겸허하게
살아가겠습니다.
오늘도
우리 때문에
나 때문에
안절부절
안타까워하시는
하나님께 샘물을 퍼 올리는
심정으로
사랑의 기도를

봉헌하겠습니다.
이제는
내 이웃을
돌아보면서
나 자신만을
위해 살지 않겠습니다.

예수의 꽃

내가 가는 길에는 예수의 꽃이 핀다
부활의 꽃이 핀다

내가 가는 길에는 생명의 꽃이 핀다
내가 가는 길에는 쉼이 있다
평안이 있다

내가 가는 길에는
영원히 시들지 않는
향내가 나는
예수의 꽃이
샤론의 꽃이 핀다.

연탄재

연탄재
함부로 발로 차지 마라

너는 뜨겁게 내 이웃을 위해
사랑을 해 본 적이 있는가!

연탄재
함부로 발로 차지 마라

너는 뜨겁게
내 형제자매의 아픔을
위해 진정으로
기도해 본 적 있는가!

연탄재
함부로
발로 차지 마라

너는 불쌍한 영혼들을
위해

예수님을
뜨겁게 전도해 본 적 있는가!
너에게 묻는다
나에게 묻는다.

들꽃처럼 살다가 하늘나라로 간 자매

저 미치도록
푸르디푸른
가을 하늘
아스라이 끝에
머무는
자매의 모습

하나님이
너무
사랑하사
하늘나라로
데려 갔을까

화사한
들꽃 같은
얼굴로
소박하고 아기자기한
들꽃 같은
사랑으로
늘
천사처럼

유치부 어린아이들을
사랑하고
보살폈다

26세
생의 마침표
들꽃 자매는
죽었으나 우리 가슴에
어린 꽃들
마음속에 살아 있다
살았으나
영원히 죽지 않는
죽었으나
죽지 않는
부활의 꽃으로
영원히
영원히……
(사랑하는 미라 자매를 하늘나라로 보내며)

시인의 아내

고달픈
삶의
여정

커피
한잔에
피로를 풀고

세상
근심
걱정
커피잔에
담아

프림대신
기도로
휘이휘이
저어

시인의 아내는
말씀을 넣어 일상의 피곤을
영혼을 마신다.

새벽기도 1

은혜 그릇 준비하고
여리고 작전 첫날
갈급한 심정
갈급한 영혼
생수 마시러
주님 만나러
발길 손길
재촉한다.

주님 말씀 듣고자
마음을 비우고
영원한 생명
인격의 완성
예수님을 따른다.

주님이 가리키는 곳은
내가 사는 길이요
영원으로 가는 이정표

깊은 곳으로 갑시다
살아도
영원한 생명 이루어가며
죽어도
영원한 생명 이루어간다.

새벽기도 2

신랑 되신
예수님 만나러

세상짐
내려놓고
발길 손길
재촉한다.

새벽을 등지고
주님을 안아 보듬고
영의 보약
신약을 마신다
구약을 마신다.

새벽기도 3

피와
땀방울
육신의
죄
정욕의
죄
물욕의
죄
성령
훼방 죄
새벽
안개
걷어버리고
새벽
이슬로
씻어버리고
뜨겁게
달구질한다
입김으로
달구질한다

새벽기도 4

의지할 곳은
한 군데
일어나야 한다
툭
툭
털고
마귀는
방석 깔린
밑에
세상
문제는 발바닥
밑에
으스러
지도록
깨어 부수고
고백하며
자백하면
세상은 다 내 것이다.

신혼여행

도둑장가
가는 바람에
신혼여행도
못가고
넷째 형
배려에
금수장에
여장을 풀었다.

철없는
어머니는
아들 아프다고
전화질 하셨다.

이놈의 것
핑크빛 분위기
깨뜨리려는
시어머니 물러가라는
마누라

뇌물 아이스크림
먹여대고

가난한 손
새끼손가락
꼬오옥 걸고
해외여행
신혼여행
약속 걸고 아내는
포근히 잠을 잔다.

당신의 남편 나란 말이요.
다시, 또다시 생각하는 것은
주님께서 주신 달란트 잘 보듬아 잘 간수하고 믿음 안에서
주께 하듯
아내를 위하는 마음으로
가족을 위해
열심히 땀을 표출하리

미안하오
미안하오
죄스로운 마음 보자기로
덮을 수 없지만
가석방하는 마음으로

우리 부부애
새 출발 합시다
부족한 것 채워주고
남은 인고의 세월
당신 사랑하며

살아가리
은주, 여보, 장 집사
재림엄마
소희 엄마
사랑해
당신을-

기찻길

아버지의
꾸지람을 듣고
기찻길에
바람을 쐬러 나갔다.

기차에
치여 살아난 것은
기적이었다.

평생 고생
보따리 이고
살아오신 어머니.

외과에
입원
어머니는
보따리를
이고
한 숨에
하루가 갔다.

아버지의 등목

뼈다귀만
앙상하게
남은 등짝을
수줍게
내리시고
보드라운
엄니의
손길
한 바가지로
물을 끼얹는
소리

정겨운
얘기
한 바가지
피곤
걱정
함께 씻겨
내려가고
마지막

한 바가지로
삶을
정리 정돈한다.

삼각동에서

리어카에
꼬막살림
가득 싣고

찌든 가난을
상자에
가득 담고
기약 없는 삶

아랫마을로
이사를 간다

회사는 부도가
나서
사장은
쇠고랑 차고
인생의 질긴 인연

그래도
그래도

끊어 버리기에는
너무나
귀한 삶의
파편들

실핏줄처럼
가느다란
한 줄기 희망은
바퀴밑에
깔려
굴러간다
리어카 위에
별을 보고
별을 먹고
사는 아이는
새근새근
잠만 잘 잔다

아버지 1(삶과 죽음)

섬나라
일본에
징용 끌려가셔서
세월이 까맣도록
돌아오시지 않았다.

고생, 고생
생고생
두부
팔아 그날그날
연명하시는
큰아버지가
몰래 갖다 주시는
양식으로
끼니를 잇고

굶어도 좋으니
돌아만 왔으면
돌아만 왔으면

돌아오셔서 얼마 되지 않아
광복의 기쁨도 잠깐
6·25를 맞고
외삼촌 대신
인민군에게
고문 당하시고

흙더미에서
구사일생
살아나오셨다.

중국 화장실 풍경

백두산
밑
이도백하
아담한
교회
정원
밭
옆
화장실
한문으로 써 있었다.
급한
생리 현상으로
잽싼
동작으로
뛰어들어가니
웬 중국 사람
밀어내기
한 판
열심히 하고 있었다.
깜짝 놀라
침착을
강조하며

일을
계속했다.
알고 보니
중국에는
화장실이 쌍으로
막힘 없이
나란히
앉아서
사이 좋게
일을
본다는
것이었다.

어머니 1

인고의 세월
자식들의 한숨
당신의 입김으로
덮어 주시고
추우면 춥다고
온풍기 역할
더우면 덥다고
에어콘 역할
이제는 어머니 등불 끄고
주무셔요 해도
주말의 명화
동해물과
백두산이
마르고 닳도록
애국가 제창하시며
아직도 TV 프로그램만큼
걱정이 많으신
어머, 어메
우리 어메었다.

어머니 2

넷째 형님
형수 돌아가신 후
외아들 하나
재선이
총각이 숨겨 논 아들 두었네
오해 아닌 수모도 받아가며
어머니하고 길러 낸 조카
사랑스럽게도
건강하게
잘 자라 주는 그 덕분에
어머니께
늘 감사드려
고개 숙인다.
흘린 눈물
말할 수 없는 고통
형이 아실까?
망월동에 묻힌 형수가 아실까?
아, 산다는 것은 무엇인가?
예수님의 참사랑
조용히 깨달아 본다.

어머니 3

큰 형 기찻길에 뛰어들어
죽을 뻔했어도
넷째 형수 관절염
류마티스 돌아가셨어도
당신 딸 조카
심장수술 할 때도
눈물 한 방울 보이지 않으셨던
어메, 우리 어메
간암으로 기어코 석달 만에 돌아가신
아부지, 이름 모를 공동묘지에
묻고 오셔서
가슴으로 가슴으로 울었어.
으악새 슬피 우는 가을에 말이여.

어머니 4

우리 어메
오늘도
머리 회전에
머리 휴식에
민화투가
최고다고
강력히
주장하며
10원짜리
내기 화투친다.
다치고 나면
욕심 없이
사심 없이
다 나누어
주고 만다.

어머니 5

고놈의
웬수놈의
술 때문에
오늘도 아부지와
어메는
쌈박질을 해댄다
아이고 마
둘 중에 하나가
참아야 되제요
참아야 되제요
옆집 이북 할머니
만류해도
더욱
신이 나
밥그릇 던지며
부수는 아부지
개나리 피는 봄날 나의 유년 시절은
강물처럼
흘러간다.

어머니 6

자그마한
체구
어메의 뒷모습
연민의 정 솟구친다.
꺾일 듯 꺾이지 않는
갈대처럼
오늘도
누구를 만나러
가시려고
저렇게 삶의
보따리를
챙기는 것일까?

어머니 7

피곤할 때
침상 되어 주고
어두울 때
등불 되어 주고
두려울 때
무기 되어 주고
살았어도
죽지 않는
죽었어도
죽지 않는
어무이,
우리 어무이

어머니 8

작년 봄에
등에 업고
걸어갈 때는
힘들었는데
올해는
왜 이리
가벼워지셨을까?
이제는 나의 소망
어머니 손
꼭 잡고
성경 꼭 붙잡고
기도해 드려야지.

어머니 9

할머니가
큰 아빠도 낳고
아빠도 낳았어
내 딸 소희는
입을 쫘악 벌리고
어떻게
할머니 배는
작은데 큰 사람들을
7명이나 낳았어,
하면서
눈만 초롱초롱하다
그 눈이
샘처럼
참 맑다.

어머니 10

어메
어메
우리 어메
막둥이 너만 잘살면
눈 감아도 여한이 없다
눈 감아도 여한이 없다.
살아서 자식 걱정
죽어서 하늘나라 소망
빈 마음으로
구석진 골방에서
모올래
기도 하시네.

북구청 광장 앞에서

마음을 열고
담을 헐었습니다

고향집 앞마당처럼
꽃도 심고
나무도 심었습니다

대문도 없앴습니다

토요일 오후에
광장에 오시면
볼거리도
있습니다

삶에 있어서
건축물대장도 중요하고
자동차 세금도 중요하고
보건소 가서 주사 맞는 것도
중요합니다만

북구청 광장에 가면 호박꽃 널려진
고향의 어머니를 만날 수 있고

북구청 광장에 가면
깻잎냄새 그윽한
고향의 누님을 만날 수 있습니다.

시골에 이웃집 아저씨처럼 구수한
구청장님 만나시려면
지금 싸게 싸게
북구청 광장으로 갑시다.

감꽃 사랑

감꽃이
피고 지는
마을에
노을이 지면
아내의 홍조 띤 미소와
남편 사랑에
하루가 저물고 아들의 딸랑이 소리에 삶을
노래한다.

찰밥 도둑

코끝이
까맣도록
깡통 돌리는
대보름

찰밥서리 하기에는
대낮같이
너무 밝은 밤

야! 야!
발소리 죽여
꼭
누가
보고 있는 것 같아
보긴
누가 봐?
보름달이 보고 있는 것
같아.

조마

가위
바위
보로
담치기조
망조
행동 조를
편성하여
돌격 개시

물질 풍족·속에
모기 향불 태우면
아득히 떠오르는
가슴 아픈 추억

그때
찰밥 대도들은
다
어디로 가고

초가집 장독 그 자리에
굳게 입 다문 고층 아파트
지금 어디에선가
어머니 아버지가 되어
정직하게 살아가고
있을 그들.

언젠가
다시 만나
옛날로
돌아가
꿈속에
찰밥
도둑이 되고 싶다.

유년의 뜨락 1(향수)

세종대왕이
그려진
오백원짜리 지폐를 든
코 묻은 손에는
늘 시퍼렇게 멍든
꿈이
시체처럼 누워 있었다

왜
그리
째지게
가난했던가!

아버지가 드신 빈 소주
병에는 까아만 절망이
어머니가 울력 나가서
얻은 밀가루로 쑨
죽그릇에는

곱디고운 저녁별이 떠서
늘 나를 바라보고 있었다
해가 뉘엿뉘엿 넘어가는
도시의 저녁은 슬프디슬픈 고향 집 추억을
유년의 아픔을
묻어 버리고
거기
그렇게
울고 있었다

유년의 뜨락 2(육성회비)

촌지는 커녕
육성회비도 못 내
학교에서 집으로
집에서 학교로 쫓겨 다녔다

경양방죽은 나를 보고
대신해서 꺼이꺼이 울어 주었다

씨부랄 씨부랄
하면서
어린 가슴에 못 박는
교장이 밉고
선생님도 밉다

선생님도 싫어
교장도 싫어
교감도 싫어
돈 많은 은행장이 될까?

유년의 뜨락 3(이층집)

계림동 오거리
번지는 19번지
우리가 지은
아담한 이층집
아들 오 형제
딸 둘
아웅다웅 거기서 잘 살았다

개떡에
밀가루죽 먹었어도
참
행복했지
빚쟁이 와서 시끄럽게
떠들어도
강풍에
지붕 양철판 뚜껑이
옆집으로 날아가도
주우러 가는 재미에
그저 좋았지

유년의 뜨락 4(형님)

큰형님
작은형님
무등산
잣고개
나무하러 갔다

아침은
강냉이 죽 먹고
배가 고파
서러워서
할미꽃 옆에 두고
둘이 껴안고
마주보고 울었다

돈가스 좋아하는 우리 아들
참 바보다 큰 아빠는
중국집에 전화 한 통화 하면
바로 배달해 줄텐데
그치!
아들에게는 믿기지 않는 전설의 얘기

유년의 뜨락 5(개떡)

엄마!
오늘도 개떡이야?
어제도 개떡
오늘도 개떡
내일도 개떡
요놈의 개떡 인생!
야! 이놈아
개떡이라도
많이만 있으면 좋겠다
이놈아!

유년의 뜨락 6(빵집 아저씨)

앞집에
빵집 아저씨
오늘도 오후에 비가 오려나!
또! 시작이다
- 박 ㅇㅇ
- 박 ㅇㅇ
대통령 나쁜 놈 죽일 놈
살릴 놈
살리고 죽이고
오늘도
그는
염라대왕 재판관이 된다
큰아들 죽어
공동묘지에 묻고 나서는
정신이 이상하다
그래도
빵집 아저씨의
그 빵은 참 맛있다
잘 팔려 나간다

유년의 뜨락 7(상여)

오늘도 상여가
계림동 오거리
길을 따라 넘어간다
슬프디슬픈
상객을 뒤로 두고
어이 어어 어야!
이제 가면 언제오나
-저 북망산- 하고 구슬프게 선창하는
술고래 아저씨
막걸리 한 잔에
더욱 신이나 외친다
자기 뒤에
죽음의
그림자
보지 못한 채

유년의 뜨락 8(외삼촌)

늘
자전거 타고
오셨다
단골 메뉴
늘 막걸리에 김치
만족하셨다

산수동 깃대산
기슭에 집 짓고
호롱불에
시인처럼
바람처럼
사셨다
자식 따라 집 팔아
서울로 이사가시더니
이제는 영영
오지 못하는 저 하늘나라로 가셨다.

유년의 뜨락 9(아이스께끼)

새벽닭 우는 소리에
어머니의
하루 일과 시작되고

그날 먹을 양식비 타러
아버지 공장에 가면
수줍은 노을은
몰래
데이트하다 들킨
처녀마냥
고개 숙였다.

오백원 타면
수수료 10원
막둥이 것
아이스께끼
일원에 열두 개
10원은 큰 돈벌인데...
내가 봐도 괜찮지.

유년의 뜨락 10(생명)

앞집 아줌마
앞집 아저씨 바람 핀다고
현장 목격하고
하루 만에
쥐약을 먹고 죽고 말았다.
하나님이 주신 생명을
인간이 맘대로 하다니,
그래도 막판에 오죽하면 이해가
가다가도 ······
고귀한 생명
그분의 몫임을 고백해 봐.

밤실

다람쥐
뜀박질하고
밤은
토실토실 젖먹는 아이
살찌듯이 살오르고
주일학교 밤실 소풍
찬양 소리에
은혜 넘치어다
오늘도 밤실에는
부흥집회 열리네

도란 도란
다람쥐
아기 다람쥐
밤실 터에
주일학교 소풍놀이에
흠뻑 젖어서
지는 노을에도 마냥 좋아라

외갓집

금산리
냇가에
발 담그며
누님 손잡고

아카시아
꽃목걸이 만들어
누님은
하늘나라 공주
나는
하늘나라 왕자
외갓집
뒤뜰에
별 보며
누님은
별 공주
나는
별 왕자.

제3부 해님하고 달님하고

엄마 좋아? 아빠 좋아?

엄마가 좋아?
아니,
아빠가 좋아?
아니,

엄마 가슴 철렁
아빠 가슴 철렁

그럼 누가 좋아?

엄마도 좋고
아빠도 좋고
모두 좋아

엄마 기분 빵빵
아빠 기분 빵빵.

유리창 깬 사람 손들어!

선생님!
영선이가 교실 유리창을 깼어요
머리에 피 흘리고 있어요
선생님은 놀래어 급히 뛰어가서
다친 데는 없니 어떻게 된 거니
왜 유리창을 박살 냈니!
선생님, 유리창이 센가
머리가 센가 확인할려고
머리로 박치기했어요
무슨 소리여!
아이들도 선생님도 어이가 없어서
허허허 웃고 만다
비 개인날의 무지개도 어처구니가 없는지
일곱 색깔 뿌리면서
깔깔깔 웃는다.

우리 가족

똥 산 강아지 가게에서
40만 원 주고 산
예쁜 강아지

집도 사고
칸막이도 사고

이제는 사랑만
줄 일만 남았네

호적에는
안 올렸지만

틀림없는
우리 가족이다.

봄

봄이란 놈이
정원에 스리살짝 수선화 피워놓고
가버렸네요

봄이란 놈이 몰래 오더니
개나리꽃 피워놓고
가버렸네요.

한지붕 세 가족

필통 안에서 사는 우리는, 키가 크다고 키가 작다고 싸운 적이
없어요. 키가 큰 연필은 몽당연필에게 볼펜 깍지를 왜 끼웠냐
고 묻지도 않고 잘 챙겨주니 싸우는 일이 없어요. 지우개야, 너
는 왜 네모지게 생겼니 하고 흉보지 않고 세 가족이 옹기종기
잘 사니 우리는 한 필통 세 가족, 한 지붕 세 가족이에요.

술 끊은 우리 아빠

나는 일 학년, 아빠는 올해 서른여덟 살이시고요. 저는 지금 일기를 쓰고 있네요. 아빠는 성격도 좋으시고 네 살인 여동생에게도 착한 아빠인데요. 어제는 아빠가 베란다에서 몰래 담배를 피우시다가 엄마한테 들켜서 혼나는 장면을 보면서 건강을 위해 금연하시면 얼마나 좋을까 속으로 기도했어요. 그런데요. 아빠가 술도 안 드시고 담배도 안 피우시게 되는 사연이 생겼어요. 학교에서 시화전을 한다고 해서 고심 끝에 낸 글이 '우리 아빠는 술보'였는데요. 시화전을 보러 오신 아빠가 충격을 받으시고 술도 담배도 끊으셨어요. 기도를 들어주신 하나님 감사해요. 교회도 나가고 착하게 살겠다고 약속하신 아빠를 위해 개나리꽃 피는 봄이 오면 온 가족이 야외에 나가 맛난 것도 먹어야겠어요. 오늘 일기 끝!

어느 노부부의 하루 심흥섭

한평생 할매 이래저래 고생시키는 할배
오늘도 당신 잠자리하고 요강 뒷처리 않고
도망치다가 할매한데 딱 걸렸어 할매 잔소리에
할배 밥이 코로 들어가는지 입으로
들어가는지 말 대답하다가 할매의 밥이나
처먹어 하는 소리에 깜짝 놀라 까딱 잘못하며
등본 말소에 정리 해고 직전이다.

불쌍한 할배 소리 없이 밥숟갈을 놓고 갑자기
오토바이를 타고 읍내로 쏜살같이 나가신다.
어디로 가시는가 했더니 햇살이 따스하게
비추는 화장품 가게로 들어가더니 쑥스럽게
고른 것은 할매 입술에 바를 립스틱 하나

회심의 미소를 짓고 포장을 한 립스틱을
집으로 가자마자 이 간 큰 할배 할매 앞으로 툭
던져 버리고 사랑방으로 가버렸다
아이고 영감
탱이 포장은 뭐할라고 쓸데없이 하노 하면서
립스틱을 입술에 열심히 칠해본다 얼굴이
해바라기처럼 환하게 밝다 색깔도 괜찮네

오늘은 날씨도 좋고 마당에서 열심히 깨를
터는 할매 분위기 파악 못하고 낮잠을 자는
할배를 애타게 부른다 한가롭게 터는
깨소리가 갑자기 할매의 속까지 같이 터진다
할배 깨 털려 마당까지 나오는데 한 시간
자리까지 않는데 한 시간 한 묶음 터는데
한나절 터는 깨는 안 터지고 할매의 속만
터지는 소리에도 세월아 할배는 한가롭다
할머니 입에서 또 불꽃이 튀긴다.

깨사건이후 할배의 미안함이 새로운 이벤트를
마련한다 할매의 관절염에 좋다는
메뚜기를 생포하기 위해 음료수 페트병을
열심히 만들어 논둑으로 할매를 꼬둑여
나가신다 응큼스럽게 손도 잡아보는 할배에게
징그럽다 아이가 하면서도 못이긴 체
손잡고 따라가는 할매 따스하게 비추는
가을 햇빛도 이 노부부의 다정한 모습에
시샘을 하는 것 같다 노년이 참 아름답다

느티나무

떡 팔러 가신
우리 엄니

해님은
집에 가고
달님만
나를 비추는데

우리엄니는
언제 오시나
멍멍이 무섭게 짖어대도
엄니 생각하면
하나도 안 무서워
부엉이 숨어우는
느티나무 검은 그림자도
안 무서워
진짜 안 무서워.

옹달샘

옹달샘은
별도 친구
달도 친구
하늘도 친구
인기도 참 많네

옹달샘은
별도 있고
달도 있고
하늘도 있어
밤에도 외롭지 않을 거야.

이 빼기

아플 것 같아
가슴이 두근두근
빼지 못하네

한참 실랑이하다
"내가 뺄게!"
휴지로 흔들흔들

휴지에 장미보다
더 빨간 피와
충치 먹은 이빨

빠졌네, 빠졌어.
그동안 겁먹은 마음도
이빨처럼 쏙 빠졌네.

생쥐

쪼르르
달아납니다.

뾰죽,
못생긴 주둥이
누가 볼까 봐.

얼굴부터
잽싸게
구멍에
처박습니다.

수박

불이 났어요!
살려주세요! 살려주셔요!
벌써 빨개져서
검게 타버린 씨들이
소리칩니다.

씨앗

씨앗 속에는
뿌리
잎
꽃,
열매, 나비가
잠들어 있다

햇볕
바람
이슬이 와서

잠을
깨울 때까지.

소구발

소도
꾸벅
달구지도
꾸벅
조는
한가로운
오후

주인은
온데
간데
없고
바람만
지쳐 놀다
그냥
가지요.

놀이터의 아이들

너는 아빠
나는 엄마
너는 아들
나는 딸

꼬막 살림은 시작되고

밥그릇 대신
플라타너스 나뭇잎
국그릇 대신
해바라기 꽃

해가 기울어
엄마가 부를 때까지는
우리는 가족,
피 터지게 싸워도
내일이면 또다시 뭉칠
영락없는 한가족이다.

현지는 착해

아침에는 책을 챙기랴
머리카락을 묶을라 바쁘지만
늘 혼자서 잘하는
현지는 이학년

동생에게 시달려도
개구쟁이 현우를 챙기는
현지는 이학년

가방 색깔 분홍색에
구두를 신고 학교에 가고 싶지만
엄마가 코디해준 대로
입고 신고 학교에 가는
착한 이학년.

외갓집

금산리 냇가에
발 담그며
누나 손잡고
아카시아 꽃
목걸이 만들어
누나는
하늘나라 공주
나는
하늘나라 왕자

외갓집 뒤뜰에
별 보며
누나 별 공주
나는 별 왕자.

감꽃 사랑

감꽃이
피고 지는
마을에
노을이 지면
아빠의 홍조 띤 미소와
엄마의 어여쁜 사랑에
하루가 저물고
아들의 딸랑이 소리에
하루가
노루 꼬리처럼 짧다.

우리 엄니

막둥이 너만 잘살면
눈 감아도 여한이 없다
살아서 자식 걱정
죽어서 하늘나라 소망
빈 마음으로
구석진 골방에서
두 손 모아
몰래 기도하신다.

할머니

할머니가
큰 아빠도 낳고 아빠도 낳았어,
소희는 입을
좌악 벌리고
할머니 배는 작은데
큰 사람들을 7명이나
어떻게
낳았어요?
눈만 초롱초롱 샘처럼 참 맑다.

아빠의 등목

뼈만
앙상하게 남은 등짝
수줍게 내리시자
엄마가
물 한 바가지 끼얹는
소리

정겨운 얘기
한 바가지도
피곤
걱정
함께 씻겨 내려가고
마지막
한 바가지로
하루를
정리 정돈한다.

제4부 까메 이야기

까메 이야기

새로운 식구
까메를 소개합니다
어느날 하나님께서
생명의 존엄성을
깨우쳐 주시려고
보내셨나
조용히
우리 집에 소리 없이
자리 잡은 유기견
지역 파출소에
신고도 해보긴 했지만 정해진 좋은 인연인데 키우시는 것이
좋겠다는 말씀에
동거가 시작되었답니다
새로 오신 식구지만 너무 당당한
분이시지요
밥도 당당하게 산책도
당당하게 아주 뻔뻔하고도 아주
웃긴 놈이지요
가끔 간식을 요구하기도 하지만
밉지 않은 녀석입니다
퇴근 때는 이렇게 극진하게 온몸으로 꼬리를 흔들며 저를
반기니

은근히 퇴근 때가
기다려지곤 합니다
같이 잘
살아 보자고
약속해봅니다
색깔이 까메서
이름이 까메입니다
우리가 세입자고 까메가
집주인같습니다

To a friend looking for love

For a friend

Here is the shelter of the soul

Rest chair

one

I've left it empty.

Like a star

Like the moon

For you to live

Love one

Love two

Love three

Echo of love

When I echo my chest

The sea of rest

Like tide

It comes.

사랑을 찾는 친구에게

친구를 위해
여기 영혼의 쉼터
안식의 의자
하나
비워 놓았습니다
별처럼
달처럼
살고픈 그대를 위해
사랑 하나
사랑 둘
사랑 셋
사랑의 메아리
가슴에 메아리칠 때
휴식의 바다
밀물처럼
다가옵니다

그대 꽃잎 딛고 오는가

그대 꽃잎 딛고 오는가
유난히 추웠던 겨울은

아직도 미련이 남아
도시 귀퉁이 남아 서성이는데
그래도 그리운 그대
꽃잎 딛고 오는가 오고야 말것인가

저녁에 동백꽃 잎새 이는 바람에
흔들리는 그대 혹시 마음 졸여 못 오나
걱정 돼서 잠도 아까워서 시인은
눈을 뜨고 잤습니다

매화꽃 피고 개나리 피고 목련도 피겠지요
오늘도 삶에 지쳐서 버거운 시인은
그대 꽃잎 딛고 오시면

바람 불어 지장을 초래 할까
노심초사 맘을 졸이며 기다리고

대문 열어 놓고
봄비 맞으면서
지달려 봅니다

아름다운 멍에

세상에 비길 수 없는
사랑을 겸비한
복종이랍니다

세상 사람들은
지게 위에 있는 짐처럼
부담스럽게 느낄지 모르지만
자연스런 발로의 순종이랍니다

쓸 데 없는 세상의 멍에를 내려놓고
그분이 지신 십자가를
등에 지고 걸어보니

눈물이 앞을 가려
부끄러운 삶을
내려놓습니다.

아흔둘 우리 엄니

오늘은 계림동에 요양원에 계시는 우리 엄니가
보고 싶어 요구르트 몇개 사서 찾았습니다
약간 치매가 있긴 하시지만 아직은 아흔둘인
연세치고 건강하신 우리 모친네 제가 장난으로
이갑례가 어머니 이름인데 정갑례씨 안녕하셔요
하고 소리를 하면 평생 7남매 기르시느라고 마디마디가
오그라진 손을 저으시면 아니랑게 아니랑게 내 이름은
분명히 이갑례랑게 하고 외치 신다 나도 웃으면서
맞장구를 쳐 드립니다
맞구만 우리 엄니 이름은 이갑례 어렸을 때
외할머니가 이쁘다고 이꽃례라고 자랑치는 우리 엄니
큰형수 돌아가시고 큰형님 돌아가시고 마음이 아파서
가슴으로 가슴으로 우신 우리 엄니 늘 내가 가면 깨끗한
사진으로 확대해서 영정사진 준비하라고 귓속말로 마지막
부탁을 하시네 이제는 조금씩 조금씩 삶의 귀퉁이에서
자신을 이불 개듯이 정리하시는 구순 노모님 천국에 계시는
아버지를 보러 가신다고 오늘도 간식을 이리저리 챙기신다.

우리 엄니

엄니 엄니
우리 엄니
떡 팔러 가신
우리 엄니

햇님은
집에 가고
달님만
친구 되어
나를 비추어 주는데

우리엄니는
언제 오나
멍멍이 무섭게 짖어대도
우리 엄니 생각하면
하나도 안 무서워
느티나무도 안 무서워
진짜 안 무서워

억새풀

기다림
한이 되어
머리를 산발한 채
풀어 헤치고

누구를 그렇게
애타게
기다리나

언약
억장 무너져도
가슴 추스리고
지달려도
지달려도
오지 않는
무언의 그날

망부석 되어
머리카락 꼿꼿이 세우고
오기 한 번
부려보는
삶의 자존심

엄마는 괜찮다

괜찮다
넘어져도
실수를 해도
괜찮다

꼴찌를 해도
끝까지 달리며
최선을 다하기 때문에
괜찮다

엄마는
끝까지
괜찮다

추석

한가위는 죽은 사람도 산사람도
만나서 대화를 하고 음식을
나누어 먹는다.
가족 간에 불화도 다툼도 고향마을
징검다리 건너면서 용서가 되고
미움도 잠시 내려놓는다.
고향에 가면 고향에 오면
모두 다 호인이 되고 보름달처럼
넉넉한 가슴에 사랑 품고 동동주
한 잔에 식혜 한 그릇에 무어 다
그럴 수 있지 한 마디에 모든 것이
사그라진다.
끈끈한 핏줄이 흐르는 가족애는
한가위 때만 볼 수 있는 건널 수
있는 화목의 강이다. 송편처럼
찐득찐득한 정이다.

아내의 맨발

아내의 발을 씻어주는
세족식(洗足式)

눈물이 앞을 가리고
민망이 앞을 가리고
부르튼 맨발이
앞을 가립니다

군림이 아니라
사랑을
교만이 아니라

겸손을
부끄러운 삶을
씻어내며
가장으로 죄스러움도
씻어냅니다

아 그렇구나
살면서 나는 한 번도
이렇게 아름다운

부르튼 발을
본적이 없습니다.

≪시 설명≫
예수께서 제자들의 발을 씻겨준 의식을 세족식이라고 한다.
조금 후면 로마 병사들이 자신을 잡으러 올 것을 알고 또 제자
들이 자기를 놔두고 모두 도망할 것을 알고서도 제자들의 발
을 씻겨주는 모습은 한 편의 드라마이다. 그러나 심홍섭의 세
족식은 그이 제자들이 아니라 아내이다. 심홍섭 시인은 아내
를 제자가 아니라 삶의 동반자이면서 스승으로서 낮은 자리에
서 제자의 마음으로 발을 씻겨주는 것이다. 살아가면서 온갖
고생을 다 겪은, 그래서 투박하고 볼품없이 변형된 아내의 발
을 씻겨주는 심홍섭 시인의 아름다운 마음이 깃들어 있는 것
이다.

예수께서 이튿날 재판을 받기 전에 제자들의 발을 씻겨준 것
은 바로 가장 가난한 자들과 미숙한 마음을 가진 자들을 위한
섬김에 있었다. 이제 그는 아내의 발을 씻겨주는 것은 아내의
희생을 보상하기 위한 시인의 마음이 깃들여있는 것이다. 가족을
위해서 자신을 위해서 모든 것을 챙겨주고 희생한 아내의 못
생긴 발이 그렇게 미더울 수가 없고 아름답고 눈물겨울 수가

없는 시인의 마음, 그것은 어린아이가 되어야지만 느낄 수 있는 또 다른 마음이기도 하다.

온몸으로 아름다움을 보여주고자 수없이 발을 사용해서 발의 모양이 기형이 된 발레리나의 발을 흉하다고 할 사람이 없듯이 아내의 화장기 없는 얼굴과 온갖 고생을 다하면서 가족들과 이웃에게 친절했던 아내의 그 투박한 발은 그래서 세상에서 가장 아름다운 발이 아닐 수가 없다. 시인은 아내의 발을 손수 씻겨주면서 속없는 눈물을 흘렸을 것이다.

부록

■광남일보 인터뷰 기사(2021. 11. 4)

'시 창작연구소' 오픈 희망
"동시 사랑운동 전개하겠다"

[광주작가] 심홍섭 시인

낮에는 신문배달, 밤에는 야학…주경야독 '문학 꿈' 실현

가정 형편 때문에 중·고 검정고시 후 대학서 국문학 전공

27년째 창작 꾸준하게 시화전·시집 출간 등 시적 향상 노력

심홍섭 시인은 "향후 2층 규모의 시창작연구소를 오픈해 1층에는 작가들이 저렴하게 차도 마시고, 쉬어 갈 수 있도록 하며, 2층에는 시인의 집이라는 명패 아래 시 분야 후진들을 양성하고 싶다"면서 "어린이들을 대상으로 동시 사랑운동도 전개했으면 하는 바람"이라고 밝혔다.

낮에는 신문배달을 하면서, 밤에는 야학으로 무지와 가난에서

벗어나기 위해 몸부림 치던 소년. 먹고사는 문제가 자신을 한 없이 작아지게 만들었지만 문학에 대한 열정을 차마 꺾을 수는 없었다. 그는 유년 시절 지독한 가난과 싸워야 했다. 광주계림초등학교를 졸업했지만 중학교에 진학할 형편이 되지 못해 교육 기회를 놓치거나 교육시설이 없는 지역에서 수많은 청소년들에게 배움의 기회를 줬던 교회의 교육기관인 성경구락부에 들어가 중학 및 고등학교 과정을 거쳐야 했다. 열서너살 때쯤 성경구락부 국어 교사로 5·18때 고인이 되신 문용동 선생으로부터 가르침을 받는 등 문학의 꿈을 꾸게 됐다. 습작을 통해 꿈을 먹으면서 어려운 환경을 극복할 수 있었고, 성경구락부에서 실시하는 백일장대회에서 실력을 발휘해 두각을 보이기도 했다. 더 나아가서는 김현승 시인의 시적 세계에 감화를 받아 비로소 습작의 길에 접어들었다. 27년째 문업을 이어오고 있는 광주 출생 심홍섭 시인(61·오치동)의 이야기다.

시인은 분명 허기를 달래줄 빵 문제가 시급한 당면 과제였지만 거기에 구차한 모습으로 매달리기 보다는 마음을 씻어주고 달래줄 한줄기 생수를 찾는 일에 몰두했다. 그것은 시(詩)였다. 아름다운 시 속에 파묻힐 수 있었던 이유다.

"계림동 19번지에서 태어나 줄곧 광주에서 살았죠. 계림초등학교를 졸업했지만 중학교에 갈 형편이 못됐어요. 가난은 어느 누구에게든지 인정을 베풀지 않기 때문에 가난과 싸우는 수밖에는 별 도리가 없었다고 생각합니다. 그래서 성경구락부와 인연을 맺었죠. 거기에는 불우한 청소년들을 친동생처럼 돌봐주는 사랑의 손길이 있었고, 그리스도의 정신으로 봉사하는 선생님이 있었습니다. 문학에 눈을 뜨게 된 때도 이 무렵입니다. 주경야독을 하면서 김현승 시인처럼 돼야겠다는 각오를 하루에도 몇 번씩 다지곤 했죠."

다른 사람처럼 정규학교를 다니지 못해 불만은 있었지만 문학을 통해 극복해 가면서 학업에 매진, 검정고시를 통해 중·고 과정을 마쳤던 것이다. 그는 그때 가난 앞에서 쉽게 물러서지 않았지만, 생활전선에서의 싸움은 기약없는 현실로 매일같이 이어졌다. 그럼에도 중도에서 물러설 수 없다는 오기가 남아 있었다고 술회한다. 그런 상황 속에서 문학을 놓지 않았던 그가 김현승 시인의 시 작품들에 푹 빠져 지내던 중 심훈의 '상록수'를 접한 일은 작가적 열망을 더욱 불타오르게 한 촉매제가 됐다.

숭일중학교에서 이뤄진 '시하고 놀자' 인문학 강좌

1994년에 그동안의 습작 30여 점의 시화를 내건 '선교시화전'을 성공리에 마쳤는데 한 지인이 보고 '크리스찬문학'이라는 잡지사에 시를 보냈다. 이게 본격 문학의 길로 접어들게 된 계기가 됐다. 그해 첫 시집 '뼈아픈 참회'(시와사람 刊)를 펴내면서 나름 혹독한 신고식을 치렀다는 설명이다.

그는 앞서 언급했듯 현재 자신의 문학 유산 첫 출발을 어려운 청소년기로부터 찾는 듯하다. 너무 어려운 가정환경으로 인해 하고 싶었던 공부를 할 수 없었다. 하지만 꿈을 접지는 않았다. 그것은 문학에의 꿈이었다. 자신의 환경들이 문학에 끼친 영향을 잊지 않고 들려줬다. 훗날 글을 쓸 수 있는 출발점이었던 셈이다.

"얼마 전 하늘나라에 가신 누님께서 형편이 어려워 중학교에 못가는 것을 안타까워해 시내에 있는 야학을 알아봐 줬죠. 주경야독의 시작이었습니다. 낮에는 신문을 배달하고, 밤에는 호남신학교 학생들이 봉사하는 제일성경구락부중학교에서 공부를 해야 했죠. 그 당시 신문을 배달하는 지역이 양림동과 사직공원이었는데 배달하면서 송강 정철의 시문학비를 만났어요. 그것을 볼 때마다 이런 분들은 살아서 어떤 업적을 남기셨기에 이렇게 시비까지 세워져 기리고 기억하는 것일까를 생각했죠."

이것이 단단한 꿈을 키우고 도전하는데 도움이 됐다는 그는 힘든 만큼의 진통이 쓴 약이 된다는 것을 안다. 그래서 지금은 힘들지만 좀 더 완숙해진 예술을 위한 노력을 지향하고 있는 것이다.

그는 생계에 매달려야 했지만 단 한번도 문학을 놓지 않으면서 매진했다. IMF때 15년 정도 했던 광고사를 정리하고, 원광대 한방병원에서 10년, 화순전대병원에서 10년, 그리고 첨단병원 등지에서 직원으로 재직하며 예순에 이르렀다. 줄곧 문학은 정신적 본업으로 그의 시적 사유 한 가운데를 관통해 왔다. 요즘 그의 고민은 시적 수준을 끌어올리는데 모아진다.

사회 서비스 돌봄 운영 전문가를 대상으로 진행된 취업 목적 문학 강좌.

시화전을 통해 시 사랑운동을 전개하면서 정식 시인으로 등단하고, 시집까지 출간해 시적 업그레이드가 이뤄진 것 같다는 전언이다. 1993년 시화전에 이어 1994년 가을 또 다시 자신이 출석하고 있는 새순교회에서 필리핀 선교기금을 조성하기 위한 취지로 32점의 작품을 출품해 두 번째 시화전을 열었다. 최근에는 화순 첫눈카페 갤러리에서 '시로 써내려가는 아름다운 세상'이라는 시화전을 진행했다. 이들 시화전을 열며 사람들과 세상을 바라보는 시각을 넓힐 수 있었고, 그로 인해 자신의 시적 영토를 더 넓힐 수 있었다는 반응이다.

"시는 영감의 소리이자 체험이며, 인간의 영혼이고 생명이기에 경건하며 진실하다고 봅니다. 진실한 영혼과 생명의 체험이 고운 영감을 일으켜 우리의 사상과 감정이 승화된 한편의 시를 이룬다고 보죠. 언어의 집인 한편의 시가 예술이 넘치는 작품이 되기까지는 헤일수 없는 땀방울과 가슴앓이를 해야 하는 것 아니겠어요. 어떤 어려움도 극복, 소박하고 진실하게 삶을 꾸리면서 시의 꽃을 피우고 열매를 맺어야 했기에 노력은 값진 것이라고 여깁니다."

그의 시적 수준을 끌어올리기 위한 노력은 현재 진행형이다. 독서를 하면서 시사랑운동을 전개해 왔다. 이는 자신도 모르게 내적 성장과 더불어 세상을 응시하는 관점이 훨씬 성숙해진 것 같다는 고백도 잊지 않았다. 그는 이를 '행복한 영적 부자'로 표현하기를 주저하지 않았다.

아울러 그는 글쓰기 교실 강사로도 활동하고 있다.

현재까지 펴낸 심홍섭 시인의 저서

2005년 일곡자치센터 어린이 글쓰기교실을 시작으로 새순문화센터에서의 독서논술지도사 강사를 역임했으며, 광주여대

평생교육원 독서논술강사를 계기로 2012년 여성인력개발센터 독서논술지도사 수업을 맡아 진행해 왔다. 일곡동자치센터 글쓰기 교실을 통해 8년 동안 초등학생들을 대상으로 봉사를 했는데 그 애들이 성장해 대학생이 되고 성인이 된 이후 그들이 신문에 나오고, 방송에도 소개돼 보람이 되고 있다는 점 또한 빠뜨리지 않았다.

이와 함께 개인적으로 대학원에 진학해 아동문학을 더 공부해보고 싶다고 전제한 뒤 창작기금 확충 등 예술인 복지가 향상됐으면 하는 희망을 피력했다.

마지막으로 그는 '시창작연구소' 오픈이라는 꿈을 언급하며 인터뷰를 마무리했다.

"65세에 직장생활을 은퇴할까 합니다. 그때 되면 2층 규모의 시창작연구소를 오픈해 1층에는 작가들이 저렴하게 차도 마시고, 쉬어 갈 수 있도록 하며, 2층에는 시인의 집이라는 명패 아래 시 분야 후진들을 양성하고 싶습니다. 추후 여력이 안되면 안되겠지요. 또 어린이들을 대상으로 동시 사랑운동도 전개했으면 하는 바람입니다."
  /고선주 기자

광주 새야구장 기념식수 11인에 뽑힌 심홍섭 씨
"야구 명문 광주의 새로운 선진 구장에 가슴 설레"

 2009년 8월8일 '광주야구장 신축이 필요한 이유'라는 제목으로 광주드림에 기사를 게재한 심홍섭 씨가 시민 대표단에 선발돼 2014년 3월8일 야구장 개장 기념식수에 참여하게 됐다. 광주시는 지난해 말 '광주-기아 챔피언스필드' 공식 개장을 앞두고 '시민이 주인이 되는, 시민과 함께 만드는 야구장'이라는 주제로 시민들이 직접 참여하는 이벤트를 기획했다. 야구 또는 무등경기장과 관련된 사연이나 새 야구장에 대한 소감 등 사연을 받아 시민대표 11명을 선발한 것. 타이거즈의 통산 11번째 우승을 기원하는 의미로 선발된 11명 중, 본보 시민기자인 심홍섭 씨도 당당히 이름을 올렸다.

 "광주 야구장이 새로 개장한다는 소식을 듣고 '기념행사 할 때 꼭 방문해야겠다'는 생각만 갖고 있었어요. 그런데 기대하지 않고 보낸 사연이 채택 돼 기념식수까지 하게 됐습니다. 제가 쓴 기사가 계기가 돼 시민 대표 중 한 명으로 뽑혔다는 사실에 가슴이 벅찹니다." 심 씨는 지난 2009년 광주드림 시민기자로 활동하며 광주 야구장 신축 필요성에 대한 기사를 썼고, 이게 인연이 돼 새 야구장 기념식수 행사에 시민대표로 참여하게 됐다. 심 씨는 당시 기사에서 광주 야구장 수용 인원이 적

다는 점을 지적, 3만 명 정도를 수용할 수 있는 야구장 신축을 주장했다.<본보 2008년 8월8일자>

 "광주 시민들에게 '야구'는 희망이자 자존심이잖아요? 전설의 10연패…. 광주 야구팀과 막강한 일본 야구팀을 꺾고 금메달을 따낸 광주일고 등 고교까지, 광주는 야구 명문 고장이에요. 하지만 광주 야구장 규모가 적어 많은 사람들을 수용할 수 없다는 사실이 늘 마음에 걸렸어요." 1만 4000여 명을 수용했던 옛 무등경기장 야구장은 심 씨의 원대로 이제 3만여 명을 수용할 수 있는 규모로 탈바꿈했다. 이 소식을 누구보다 반가워한 심 씨는 지난 달 임시 개장한 새 야구장을 가족들과 함께 방문했다. "야구장 수용 인원을 늘리자고 주장했던 가장 큰 이유는 가족들과 함께 즐길 수 있는 야구장을 꿈꿨기 때문입니다. 넉넉한 크기만큼 자녀들과 함께 야구장을 찾는 시민들이 많아질 테니까요. 어느새 성인이 된 딸과 치맥(치킨과 맥주)을 먹으며 새 야구장을 구경하니 감회가 새롭더군요."

 새 야구장을 둘러본 심 씨는 큰 규모에 놀라고, 곳곳에 약자를 배려한 시설에 또 한 번 놀랐다. "참 뿌듯했습니다. 새로 태어난 야구장은 선진화된 시스템 그 자체였어요. 이제 좋은 야구장도 생겼으니 경기 승패를 떠나 진정으로 야구를 즐기는 선진화된 광주 시민들이 많아졌으면 좋겠습니다" 이번 기념식수에 참여한 시민대표 11명의 이름이 새겨진 표지석은 나무 앞에 설치해 영구적으로 보존된다. 새 야구장에 자신의 이름이 길이 남는 만큼, 심 씨는 앞으로도 '야구'뿐만 아니라 '재능기부'에 적극 동참하겠다는 의지를 밝혔다. 아동문학에 조예가 있는 심 씨는 본업을 하면서도 광주여성발전센터에서 글쓰기 지도를 하고 있으며, 앞으로 이 분야에 재능기부를 해나갈 계획이다.

한편 이번 새 야구장 기념식수에는 심 씨를 포함해 고영민(26, 회사원) 씨, 김예은(14, 학생) 양, 박정수(63, 교사) 씨, 임수자(70) 씨, 장지원(63) 씨, 정 윤(43, 공무원) 씨, 정대연(71, 자원봉사자) 씨, 최 혁(27, 회사원) 씨, 하상민(28, 학생) 씨, 황규선(49, 회사원) 씨 등 11명이 참여한다.

/김우리 기자

숭일중학교 '시하고 놀자' 작문 수업

이청준 작가 문학길 수상 2019년 10월

이청준 작가 기행공모 수상 장흥

인천초등학교 동시집 기증

이청준 작가문학길   광주 무등산 증심사 밑 옹달샘(동구청)   엄마는 괜찮다

시로 써내려가는 아름다운세상 2021

일곡도서관 시화전 2019. 5.18

사랑시 공모 광산구 삼도

일곡도서관 별밭에서 '시를 쓰다' 시화전

일곡도서관 시화전

희여재문학 창간 문학콘서트

희여재 사랑나눔 시 제막식 2016,5,5

희여재문학 2집

담양 도립대 특강

삼도 희여재문학비

김영일 다람쥐문학상 2018년 8월

모교 계초수업

크리스찬작가상 2013년

최우수상을 받고 영국에서

영국 비평가협회 서정시 최우수 상장

극동방송 '찬양이 있는 간증'

독서논술 야외수업 광주댐 가사문학관

독서논술 수업 새순문화센터

독서논술 자격증 수료식

사랑을 찾는 친구에게

심흥섭 작시 조경민 작곡

친구를위해 — 여기 영혼의쉼터
친구를위해 — 여기 육신의쉼터

안식의의자 — 하나 비워놓았습니다 —
안락한의자 — 하나 비워놓았습니다 —

별처럼달처럼살고픈 그대를위해
바람처럼구름처럼살고픈 그대를위해

사랑하나 사랑둘 사랑셋메아리되어
평안하나 평안둘 평안셋메아리되어

가슴에메아리 휴식의바다 — 밀물처럼다가옵니다
가슴에메아리 평화의바다 — 구름처럼밀려옵니다

내 짝꿍

심룡섭 작사
이종록 작곡

있을때 싸우고 없을때 허전해 있을때 불평하고 없을때 외로워 —

있을때 책상에 선 긋고 없—을때 미안해서 선을 지우네 —

218 나의 삶 그리고 은혜

생 쥐

심흥섭 작사
이종록 작곡

쪼르르 뷰죽   못— 생긴 주둥이   누가볼까봐

얼굴부터잽싸게   구멍에쳐박습 니— 다